アゲイン
アゲイン
おおぎやなぎ ちか 作
坂口友佳子 絵

もくじ

一　オーディション

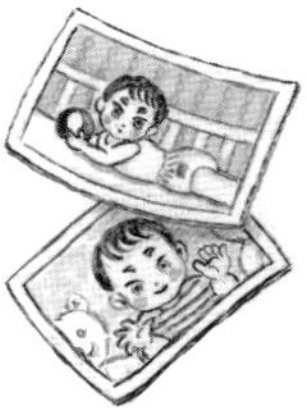

「26番。唐沢亜麻音《からさわあまね》。十才。三女ブリギッタ役《やく》をやります」

よし、かまずにいえた。ううん、そんなことあたりまえ。問題《もんだい》はこれからよ。

「28番。……みか。五さ……末《すえ》っ子……をやります」

はしに立っていた子は、声が小さくて名前が聞き取《と》れなかった。

きんちょうしてるんだ。わたしだって、そうだもの。

今わたしがいるのは、『サウンド・オブ・ミュージック』というミュージカルのオーディション会場だ。

劇団《げきだん》に通い始《はじ》めてまだ二年もたってないけど、わたしがオーディションを受《う》けるのは、これが五回目だ。『サウンド・オブ・ミュージック』は、世界中《せかいじゅう》の舞台《ぶたい》で上演《じょうえん》され、映画《えいが》にもなっている。今回はデジタルアートっていう技術《ぎじゅつ》を使《つか》ったダイナミックな舞台《ぶたい》になるんだって。楽しみだ。

「はい。シーン1。始《はじ》めてください」

黒いスーツすがたの女性《じょせい》の声が、広い部屋《へや》にひびいた。いよいよ、最初《さいしょ》のテストが始《はじ》まる。

「わたしはもう十六才よ。家庭教師《かていきょうし》なんていらないわ」

長女役候補《やくこうほ》の子が最初《さいしょ》のセリフをいった。わっ、じょうず。声もよく通って、一瞬《いっしゅん》でこのビルの中の一室が外国の大きなお屋敷《やしき》、つまり舞台《ぶたい》のワンシーンになった。

「来たぞ、来たぞ」

長男役候補《やくこうほ》の子が、初《はじ》めてその家に来た家庭教師《かていきょうし》を、階段《かいだん》の上からのぞきこむ。このセリフは小声だ。小声でも、ちゃんと聞こえるようにいわなきゃいけない。そして、つぎがわたし。わたしは（どれどれ？）というように、兄の後ろから顔を出す。そして前にむき直り、セリフをいう。

「髪型《かみがた》も服《ふく》もだっさい！」

（あきれた）という表情《ひょうじょう》で、両手《りょうて》を頭に置《お》いてから、その手ですぐスカートをつまむ動作《どうさ》をする。もらった台本では「ださい」だったのを、わたしは「だっさい」と強調《きょうちょう》した。

この物語《ものがたり》は、おかあさんがなくなったあと、きびしいおとうさんのもとでくらしていた兄妹のところに家庭教師《かていきょうし》の女性《じょせい》が来るというもの。歌の好《す》きなその家庭教師《かていきょうし》に、子どもたちもおとうさんも心を開《ひら》いていくストーリーだ。オーディションの最初《さいしょ》には、「舞台《ぶたい》はオーストリアで、第二次世界大戦《だいにじせかいたいせん》という戦争《せんそう》が背景《はいけい》にあります。けっして歌やダンスを楽しむだけの物語《ものがたり》ではありません」という説明《せつめい》もあった。

七人の兄妹役候補《やくこうほ》が一グループにまとめられて、その家庭教師《かていきょうし》がどんな人かを見るシーンを演《えん》じるのが、最初《さいしょ》のテストだ。

わたしのセリフは終《お》わった。でも気をぬいちゃ、ダメ。全身《ぜんしん》で演《えん》技《ぎ》をしなきゃ。

正直者《しょうじきもの》でユーモアがあるブリギッタは、ほかの兄妹のセリフに大きくうなずいたり、おどけた表情《ひょうじょう》でみんなを見まわしたりする。

「つぎのテストにうつります」

演技《えんぎ》のあとは、ひとりずつの歌とダンスのテストだ。

長テーブルのむこうに、審査員《しんさいん》がずらりといる。

うっ、目が合った。この白いひげの人が、審査委員長《しんさいいんちょう》の舞台《ぶたい》かんとくだ。ほかにも全身《ぜんしん》黒づくめの男の人や、メガネをかけたスーツすがたの人、ママよりずっと年上っぽい女の人など、いろんなふんいきの人がテーブルでメモを取《と》っている。その中には主役《しゅやく》の家庭教《かていきょう》師役《しやく》に決《き》まっている女性《じょせい》もいて、にらむような顔でこっちを見ていた。何度《なんど》もテレビで見たことがあるミュージカルスターだ。

このミュージカルで歌われる曲《きょく》は、音楽の教科書にものっているくらい有名《ゆうめい》だ。四年生のわたしはまだ習《なら》っていないけど、聞いたことのある曲《きょく》だった。そこから一曲選《きょくえら》んで、ダンスをつけて歌うのがつぎの課題《かだい》だ。

トップバッターは長女役候補《やくこうほ》の人。やっぱり、うまい。歌もダンスも、きらきらしている。審査員《しんさいん》も（ほお）という顔でうなずいていた。

わたしの番になった。一歩前に出る。

歌うのは、「わたしのお気に入り」という曲《きょく》だ。歌詞《かし》はそのままじゃなく、自分のお気に入りを入れてアレンジした。

♪クマのパジャマ　キラキラペン
赤ちゃんのときの　写真《しゃしん》
男の子みたいだけど　なぜかわたしのお気に入り♪

ダンスもＯＫ《オーケー》。せいいっぱいできた。つぎは質問《しつもん》に答える。

「歌詞《かし》はオリジナルにしたんだね」

そういって、舞台《ぶたい》かんとくは、テーブルの上でうで組みをした。

え……ダメだったのかな。

「はい」

「自己《じこ》しょうかいにもなってて、おもしろかったね」

ふー、よかったってことだ。ほっとする。

「赤ちゃんのときは、男の子みたいだったの？」

ところが、主役《しゅやく》の女性《じょせい》が首をかしげている。さすがの目力《めぢから》で、びびってしまう。

「はい。赤ちゃんのときは、『元気なぼくね』ってよくいわれたそうです」

「今はとても女の子らしいけど、男の子みたいだったときのほうが好《す》きだってことなのかしら？」

その質問《しつもん》には、こまった。たしかに今わたしはピンクの服《ふく》を着《き》てるし、髪《かみ》を長いツインテールにゆって、「かわいい女の子」的《てき》だ。でもそれは、ママが「ロングヘアのほうが、いろんな役《やく》ができるでしょ」といったからだ。

すぐに返事《へんじ》ができないと、イメージが悪《わる》くなっちゃう。あせる。

でもあせっちゃダメ。

「どっちも好《す》きです」

でもそういいながら、だったらどうして、赤ちゃんのときの写真《しゃしん》が「お気に入り」なんだろうと考えてしまった。

「ありがとうございました」

最後《さいご》は七人が声をそろえ、おじぎをした。

つぎのグループの七人が前に出てきて、わたしたちは引っこむ。

そのとき、つぎのグループにいたエリと目が合った。

エリは同じ劇団《げきだん》の子だ。劇団《げきだん》に来ている子たちは、たぶん学校では人気者《にんきもの》だろうなというタイプが多くて、わたしもクラスでは「一番明るい」グループにいる。でもエリは目立たない。暗《くら》いっていうほどじゃあないけど、この子が舞台《ぶたい》に立って、歌ったり演技《えんぎ》したりできるの？　と思っちゃう。

エリがどんな演技《えんぎ》をするのか見てみたかったけど、終《お》わったグループは帰らなきゃいけない。

わたしは別室《べっしつ》で待《ま》っていたママと会場のビルを出て、駅《えき》へ歩いた。

「どんなことを聞かれたの？」「主役《しゅやく》の方も来てたんでしょ？」

歩きながらママに質問《しつもん》され、わたしは答える。でもオーディションじゃないから、ぼそぼそと。すると、ママがつぶやいた。

「そういえばさっき、劇団《げきだん》からメールが来てたな。別《べつ》のオーディションのお知らせだったよ」

「どんなの？」

電車に乗《の》ってからママがスマホを開《ひら》いて、そのオーディション情《じょう》報《ほう》を見せてくれた。

「テレビの連続《れんぞく》ドラマ。主役《しゅやく》とその子ども時代《じだい》を演《えん》じる女の子は決《き》まってて、その子のクラスメートたちを募集《ぼしゅう》してるの」

まずしくて毎日同じ服《ふく》を着《き》ている女の子は、家では父親にぼう力をふるわれ、クラスではいじめられていた。でもその子には絵のオ能《さいのう》があり、それに気づいた画家がひそかにその子を助《たす》ける。やがて、その子は父を見返《みかえ》し、かつてのクラスメートにふくしゅうをしようと思いながら成長《せいちょう》し、成功《せいこう》を手にする。助《たす》けてくれた画家の正体は……？　ふくしゅうの結末《けつまつ》は……？

というミステリアスなストーリー。タイトルは『アゲイン』。子ども時代《じだい》に主役《しゅやく》をいじめるクラスメートの募集《ぼしゅう》だった。

「受《う》けない」

劇団《げきだん》の人からは、「どんな役《やく》でも、いろいろ挑戦《ちょうせん》しなさい」といわれていたけど……。

いじめっ子の役《やく》なんて、やりたくない。

万が一オーディションに合格《ごうかく》して、その役《やく》をやったとしたら、そしてその番組をクラスメートに見られたら……。

ぶるるっ。「あいつ、やなやつだな」って、わたしがいじめられちゃうよ。

あー、そんなことよりきょうの結果《けっか》がどうなるか、それが問題《もんだい》だ。

二　思いっきりの笑《え》顔《がお》

オーディションから六日がたった。毎日ママに「連絡《れんらく》あった？」と聞いているけど、結果《けっか》はまだわからない。そしてきょうはレッスンの日だ。わたしは、劇団《げきだん》がある三鷹駅《みたかえき》で電車をおりる。

すると改札《かいさつ》を出てすぐのところに、大きな矢印《やじるし》のついたパネルが二まいあった。右（北口）をさしている矢印《やじるし》は「ゆるキャラ・たかっちショー」というかわいいパネルの上に、左（南口）をさしている矢印《やじるし》は「大学受験模試《じゅけんもし》会場」という黒い文字だけの案内板《あんないばん》の上にある。右へは、小さい子をつれた家族《かぞく》がたくさん歩いていく。でもわたしは、劇団《げきだん》がある左へむかう。

これまで受《う》けたオーディションでは、ほかの劇団《げきだん》の子の演技《えんぎ》がすごくて、きっとわたしじゃなく、(あの子)が合格《ごうかく》だろうなと思っていた。だから結果《けっか》は気にならなかったし、ダメとはっきりしても、そんなにがっかりはしなかった。

でも今回は自信《じしん》がある。

『サウンド・オブ・ミュージック』の舞台《ぶたい》かんとくは、わたしが通っている劇団《げきだん》バルーンのオーナーととても親しい。だから、キャストにはうちから何人か選《えら》んでもらう約束《やくそく》ができている。そんなうわさも聞こえてきていた。だから、わたしとエリ以外《いがい》でも、ほかの役《やく》で何人も受《う》けていたはず。だから……。だから、わたしも選《えら》ばれるかも……。

劇団《げきだん》のレッスンスタジオにむかいながら、頭の中には「だから」ばかりがうかんでいた。

レッスンスタジオは、ビルの三階《がい》。「劇団《げきだん》バルーン」と書かれたドアを開《あ》け、入ってすぐのエントランスには自動販売機《じどうはんばいき》と丸いすが五つ、そして、けい示板《じばん》が二つある。

手前のけい示板《じばん》には、うちの劇団《げきだん》のタレントが出るドラマや舞《ぶ》台《たい》、CM《シーエム》のポスターがはられている。ひときわ目立っているのは、紺野樹里《こんのじゅり》ちゃんが笑《わら》っている食パンのポスターだ。樹里《じゅり》ちゃんは子どものときからこの劇団《げきだん》に通っているタレントで、わたしのあこがれだ。

テレビ番組のお知らせがあれば、今度《こんど》見ようという気持《きも》ちでチェックするんだけど、きょうはない。

二つ目のけい示板《じばん》。ここに、オーディションのお知らせや結果《けっか》がはり出されている。

そういえばこの前、ゆるキャラ・たかっちショーのゆるキャラに入る仕事《しごと》の募集《ぼしゅう》があったっけ。大人の劇団員《げきだんいん》のだれかが、きょうその仕事《しごと》をしているのかも。

いつも自分のチャンスをさがしたり、オーディションに合格《ごうかく》した人の名前を見るのが楽しみなところだ。でも、きょうはちがう。

その前に立ち、ふ――っと息《いき》をはいた。

この前のオーディション結果《けっか》は、出ていない……はず。でも、さがしてしまう。

〈オーディション結果《けっか》〉という文字から、視線《しせん》を下にずらす。

〈舞台《ぶたい》『サウンド・オブ・ミュージック』オーディション結果《けっか》〉

え、決《き》まってた？

ということは、わたしはダメだったということだ。

〈……近藤《こんどう》エリ　三女ブリギッタ役決定《やくけってい》！〉

近藤《こんどう》エリという文字が、ほかよりずっと大きい。わたしの名前がないことは、作品《さくひん》のタイトルを見つけたときにもうわかっていた。

わたしは合格《ごうかく》できなかった。じゃあ、だれが？　と思う間もなく、エリの名前が目にとびこんできた。ここまで、ほんの一、二秒《びょう》ので

オーディション結果
舞台『サウンド・オブ・ミュージック』
オーディション結果
近藤エリ　三女ブリギッタ役
決定!
西の森遊園地WEBCM
エキストラ役
佐々木舞
東野花子
決定!

きごとだ。

わたしじゃなかった。わたしはダメだった。選《えら》ばれたのはエリだった。

急《きゅう》にダンスのつぎのステップがわからなくなったみたいに、足が動《うご》かない。

エリの名前のとなりには、「アゲイン」子役募集《こやくぼしゅう》のフライヤーもある。でもタイトル以外《いがい》の文字は、もう目に入ってこない。

このままU《ユー》ターンして帰りたい。でも、そういうわけにはいかない。わたしはけいじ板《じばん》をはなれて、ロッカールームの前に立った。

ノックをして名乗《なの》る。それからドアを開《あ》ける決《き》まりだ。

トントン。

「唐沢亜麻音《からさわあまね》、入ります」

ガチャリ。

ドアを開《あ》けたとたん、中にいた子たちがいっせいにこっちを見た。三年生から六年生まで五人。エリもいる。

「残念《ざんねん》だったね」

六年生のひとりが、わたしのうでを支《ささ》えるように、中に入れてくれる。

「亜麻音《あまね》に決《き》まると思ってたけどね」

もうひとりの六年生も、やさしく声をかけてくれる。

「……」

エリがだまってこっちを見ている。

エリには、いつ連絡《れんらく》が来たんだろう。うれしいだろうな。なのに表情《ひょうじょう》はかたい。わたしに気をつかってる？

こういうシーンには、これまで何回か立ち会ってる。

いっしょにオーディションを受《う》けても、いっしょに合格《ごうかく》はできない。落《お》ちてしまった子は、合格《ごうかく》した子に「おめでとう！」といって、つぎをまたがんばらなきゃいけない。それ

なのに「おめでとう」をいえずに泣《な》き出す子がいると、（あ〜あ。そんなことじゃあ、この世界《せかい》でやっていけないでしょ）って、思っていた。でも、いざ自分がその立場になると、泣《な》かずにいるだけでせいいっぱい。

でも、いわなきゃ。いわなきゃ。これは演技《えんぎ》。オーディションだと思って。

「エリ、おめでとう」

思いっきりの笑顔《えがお》でいえた。

ロッカールームのきんちょうがほどけた。

「あ、ありがとう」

エリがほんの少し笑《わら》った。ああ、声がすき通っている。こまったような笑顔《えがお》がくやしいけどみりょく的《てき》だ。これは演技《えんぎ》？　本心？　わからないけど、きっと舞台《ぶたい》でもこういう顔ができるんだろう。

「さっ、レッスンだよ！」

最初《さいしょ》に声をかけてくれた六年生が、わたしのかたをぽんとたたいて、ロッカールームを出た。

その日はレッスンをしながら、ずっと、

（わたしはただ演技《えんぎ》やダンスが好《す》きなだけで、才能《さいのう》はないのかも。もう劇団《げきだん》やめようかな）と、思っていた。

レッスンが終《お》わったとき、事務室《じむしつ》からスタッフが出てきて、

「おうちの人にはもうメールで連絡《れんらく》しているけど、子役《こやく》のオーディションがまたあるの。ドラマの撮影開始《さつえいかいし》が近いから、タイトなスケジュールだけど挑戦《ちょうせん》してみて」

といいながら、フライヤーをくばった。

《アゲイン！　だれかわたしを助《たす》けて……》

タイトなスケジュールっていうのは、いそがしいってこと。オーディションは二週間後だった。でも関係《かんけい》ない。受《う》けないもの。

わたしは、すぐにその紙を小さく折《お》りたたみ、ロッカールームへもどった。

三　とつぜんの予《よ》定《てい》変《へん》更《こう》

オーディション不合格《ふごうかく》のショックから立ち直れずに、一週間がすぎた金曜日。

夕ごはんのとき、パパが思いがけない話をきりだした。

「あした、バーベキューに行くぞ」

「え？　おばあちゃんと？」

なぜわたしがそう返《かえ》したかというと、あしたは、山梨《やまなし》のおばあちゃんちに行くことになっていたからだ。毎年、夏休みに、いっしょにお墓《はか》まいりをする。でも今年はパパがそれまでつとめていた会社をやめて、年中無休《むきゅう》のショッピングモールにあるお店の店長になった。そのため夏休みには行けず、今度《こんど》の土日は、ひさしぶりに取《と》れた週末《しゅうまつ》の休日だった。

とまりがけで行くために、わたしは劇団《げきだん》のレッスンをお休みにしていた。おばあちゃんちの近くにあるぶどう園で、新せんなぶどうを食べられるのを楽しみにしていた。

あのへんにバーベキューができそうなところがあるのかな？　と思った。

「山梨《やまなし》に行くのは、またの機会《きかい》にした。あしたは、もっと手前の奥《おく》多摩《たま》だ。パパの友だち一家と川で合流《ごうりゅう》する約束《やくそく》をしたんだ」

わたしがとまどっていたら、ママが説明《せつめい》をしてくれた。

「パソコンやスマホでやりとりができるインターネットの仲間《なかま》のページに、何年も会っていなかったお友だちから連絡《れんらく》が来たんですって。大学生のときパパとはすごく仲《なか》がよかったけど、ずっと外国に行ってたらしいの。それで話がもり上がって、その方、今奥多《おくた》摩《ま》の実家《じっか》に来てるから、遊《あそ》びにおいでっていわれたのよ」

「ほかの日じゃ、ダメなの？」

「また来週には日本をはなれちゃうんだ」

パパのいいかたが、少しきつくなっていた。

おばあちゃんには、もう「行けなくなった」と電話をしちゃったらしい。

「だったら、パパだけ行ったら？　あた……わたしは行かない」

あたしっていいかけて、「わたし」といい直す。この前、劇団《げきだん》の人に「あたし」じゃなく「わたし」といいなさいと注意《ちゅうい》されたからだ。

「亜麻音《あまね》！」

パパがはしを置《お》いて、顔をしかめた。

「あっちにも子どもがいるんだ。子どもたちもいっしょに遊《あそ》べるな、ってことになったんだぞ。山が近くて空気もいい。釣《つ》りもできる。釣《つ》ってすぐに焼《や》いた魚はおいしいぞ。亜麻音《あまね》だって気分てんかんになるだろうと思ってさ。それなのに、なんだ、そのいいぐさは」

もうダメだ。これ以上《いじょう》さからえない。パパはいつもはやさしいのに、一度《ど》こうと決《き》めると意外《いがい》とがんこなんだ。

「空気のいいところで食べるお肉はおいしいよ。ね」

ママがそういって、サラダを出した。「ね」にこめられているのは、

「いいよね。行くわよね」だ。そして、

「ドレッシングは？　梅《うめ》ドレにする？　ごま？」と、わたしに聞いてくる。

「梅《うめ》ドレ」

レタスにすっぱい梅《うめ》ドレッシングをかけて、パクパク食べる。

あ……。

そのとき頭の中に、小びとみたいなわたしと、二つの矢印《やじるし》がうかんだ。わたしの足元にある矢印《やじるし》の一つは、梅《うめ》ドレッシング、もう一つはごまドレッシングのびんをさしている。そして小びとのわたし

は、とことこと梅《うめ》ドレッシングへむかう矢印《やじるし》の上を歩く。

「ドレッシングだったら、どっちにする？　って聞いてくれるのに」

つい、つぶやいた。

「どういうこと？」

つぎに思いえがいたのは、別《べつ》の矢印《やじるし》。一つは川へむかっている。もう一つは山梨《やまなし》のおばあちゃんちへ、だ。

「『川でバーベキューする？　おばあちゃんちに行く？　どっちにする？』って聞いてくれないんだなあって、思って」

「まだいってるのか。あしたは川って決《き》まったんだ。川で思いっきり遊《あそ》ぼう！」

……パパが友だちと会いたいだけでしょ。

「パパは、あなたをはげましたいと思ってるのよ」

はげます？

オーディションに落《お》ちたから？

四　に・げ・ろ！

翌朝《よくあさ》。食パンに、ブルーベリージャムをぬりながら思った。冷蔵庫《れいぞうこ》にはイチゴジャムもあるけど、自分でブルーベリーを選《えら》んだ。こんなふうに、自分で決《き》められることはいろいろある。でも、決《き》められないこともすごく多い。

ミュージカルの舞台《ぶたい》に出たいと思ってオーディションを受《う》けた。でも、落《お》ちたから舞台《ぶたい》には出られない。「唐沢亜麻音《からさわあまね》、不合格《ふごうかく》」と決《き》められたんだ。

――パパは、あなたをはげましたいと思ってるのよ。

夕べのママの声が、耳のおくに残《のこ》っている。はげます？　元気づける？　つまり、わたしは今落《お》ちこんでいて、はげましてもらわなきゃいけないってこと。

まあ、そうだけど。この一週間、わたしは気づけばどんよりとしていた。学校で、何度《なんど》も「亜麻音《あまね》、なにぼーっとしてるの？　めずらしいね」と笑《わら》われたくらいだ。

エリや劇団《げきだん》のほかの子は同じ学校にはいないし、わたしはオーディションのことをクラスの子にはひみつにしていた。でもいつものような元気キャラではいられなかった。

ママはもう朝食を食べ終《お》えて、おけしょうもばっちり。パパは車にバーベキューセットを運《はこ》んでいる。

二人とも、はりきっている。

バーベキューをしたくないわけじゃない。

川に行きたくないわけじゃない。

おばあちゃんちに行く予定《よてい》を勝手《かって》に変《か》えられたのが、いやだっただけ。

「ごちそうさま」

お皿《さら》をキッチンにさげて、洗《あら》う。

「亜麻音《あまね》。ぼうし、わすれないでね」

「うん」

自分の部屋《へや》へ行き、ぼうしを見たとたん、思い出した。

ピンクのこのぼうしを選《えら》んだのは、ママだった。わたしはあのとき、たまにはボーイッシュなのがほしいと思い、デニムキャップを手にしていた。そしたらママが、「亜麻音《あまね》の服《ふく》はフリルのついたのが多いから、それじゃあ合わないでしょ」といったのだ。そして、結局《けっきょく》ピンクを買った。

そもそもフリルのついた服《ふく》が多いのだって、ママが選《えら》んでいるんだけどね。

きょうは、このぼうしをかぶりたくない。そう思っていたら、そこにあったフライヤーが目に入ってきた。きのう劇団《げきだん》でわたされたオーディションのものだ。

れるミステリー》

《アゲイン！　だれかわたしを助《たす》けて！　成長《せいちょう》した少女が巻《ま》きこま

わたしがまだ主役《しゅやく》になれないのは当然《とうぜん》だ。セリフが一つしかない

脇役《わきやく》でもゲットしたい。

でもいじめっ子の役《やく》なんて、やりたくない。こんなオーディショ

ンを受《う》けるなんて、考えられない。

「亜麻音《あまね》～。パパが待《ま》ってるから、車に乗《の》ってて。ママも今行くから」

キッチンからママがさけんでいる。

その声が、わたしのどこかにあったスイッチをおした。

今のわたしの前に置《お》かれているのは、車のほうへむいている矢印《やじるし》

だ。

わたしは、その矢印《やじるし》をぐっと消《け》して、別《べつ》の方向《ほうこう》の矢印《やじるし》を思いえがいた。

気づかれないようにげんかんでスニーカーをはき、音を立てないようにドアを開《あ》けた。

に・げ・ろ！

心の中で、自分に声をかける。

ガレージとは反対方向《はんたいほうこう》に、そっと歩く。それからダッシュ！

どこに行くの？　山梨《やまなし》のおばあちゃんちにひとりで行く？　でもお金を持《も》ってこなかった。無理《むり》だ。

とりあえず、家からはなれよう。わたしがいないことに気づいた

パパやママが追《お》いかけてきたら大変《たいへん》だもの。
警察《けいさつ》にとどけられる？
でも、悪《わる》いのはどっち？
はあ。考えていたら、足が重《おも》くなってきて、止まってしまった。
ふと見上げると、そこは見覚《みおぼ》えのあるマンションだった。
ここ……マリナちゃんちだ。
一、二年生のとき同じクラスで仲《なか》がよかったマリナちゃんが、このマンションの三階《がい》に住《す》んでて、わたしはしょっちゅう遊《あそ》びに来ていた。マリナちゃんは、ノンノンボードというゲーム機《き》とゲームソフトをたくさん持《も》ってて、いつもそのゲームで遊《あそ》んだ。
でも三年生でちがうクラスになって、あまり遊《あそ》ばなくなって……。

はっ。こんなところにいて、パパたちに見つかったら大変《たいへん》。

きょろきょろ、そそくさ。って感《かん》じでマンションに入った。ドキドキ。わたし、マリナちゃんちに行くの？

なんだろう。わたしの中で、矢印《やじるし》がここへむいたって感《かん》じだ。

ピンポーン。

エレベーターをおり、302号室《ごうしつ》のインターホンをおした。

五　マリナちゃんち

「はい」

インターホンごしに、マリナちゃんの声が聞こえた。

「あの……、亜麻音《あまね》だけど」といったけど、返事《へんじ》がなかった。いきなりすぎるよね。引き返《かえ》そう。そう思ったときだった。

ガチャリとドアが開《あ》いた。

「亜麻音《あまね》ちゃん！」

うれしそうな声。そして笑顔《えがお》があらわれる。

「マリナちゃん」

ひさしぶりに会うマリナちゃんだ。少しぽっちゃりしたみたい。

「どうしたの?」

「うん。あのね……」

うちのことを話したらいいのか、それとも、たまたまマンションの前を通ってってごまかしたらいいのか、まよった。あれ、わたし、今自分で自分のことを選《えら》べない。

こんなの、わたしらしくない。

「マリナの友だち?」

げんかんに男の人が来た。マリナちゃんのおとうさんだ。そのとたん、わすれていたことを一気に思い出した。

マリナちゃんのおかあさんは、マリナちゃんが一年生のときに病気《びょうき》でなくなった。そのあとおばあちゃんが来て、家のことをやってくれていたはず。でも三年生になったとき、マリナちゃんは学童保育所《がくどうほいくしょ》に行き始《はじ》めた。それまで放課後《ほうかご》にはよくいっしょに遊《あそ》んでいたのが、できなくなったんだった。クラスが別《べつ》になってたし……。

「上がって。おいしいジュースがあるんだ」

マリナちゃんのおとうさんがそういってくれた。マリナちゃんも「入って」とわたしのうでを引っぱった。

うなずいて、スニーカーをぬぐ。

「よく来てくれたね。ここ、どうぞ」

すすめられたリビングのいすに、「ありがとうございます」といっ

てすわる。

「アップルジュースとグレープジュース、どっちがいい？　どっちも産地直送《さんちちょくそう》だよ」

「あ、アップルジュースを」

グレープジュースは、山梨《やまなし》のおばあちゃんちでよく飲《の》ませてもらっているから。

「ＯＫ《オーケー》」

トクトク。

ジュースがコップに注《そそ》がれる。マリナちゃんのおとうさんは、そのジュースをわたしの前に置《お》くと、「じゃあね」とリビングを出ていった。

「いただきます」

アップルジュース、おいしい！

頭の中のもやもやが、一瞬《いっしゅん》すっきりした。

マリナちゃんも、笑顔《えがお》でジュースを飲《の》んでいる。

こうしてマリナちゃんを見ていると、ふしぎな気持《きも》ちになってくる。

実《じつ》はマリナちゃんは、四年生のゴールデンウィーク明けから、ずっと学校に来ていない。となりのクラスだから知らなかったんだけど、ある日、先生に「ちょっと」とよばれて、「唐沢《からさわ》さんは、となりのクラスの吉田《よしだ》マリナさんと近所《きんじょ》だったよな」と聞かれた。「はい」と答えたら、「実《じつ》はな」と前置《まえお》きをして、マリナちゃんが学校に来ていないことを教えられた。

「先生もクラスの子も『学校においでよ』ってさそいに行ったんだけど、出てこないそうだ。あ、いじめとかはなかったんだよ。うちのクラスといっしょで、となりのクラスも仲《なか》がいいんだ」

それで、わたしは「行ってみてくれないか？　どうだ？」とたのまれたんだった。でもわたしはその日、同じクラスの友だちと遊《あそ》ぶ約束《やくそく》をしていた。劇団《げきだん》に入ってるわたしは、クラスの「人気者《にんきもの》」になっていた。わたしと遊《あそ》びたがる女の子たちがたくさんいて、その子たちのさそいをことわってマリナちゃんちに行くというと、（つき合いが悪《わる》い）って思われそうだった。だから行かなかった。

マリナちゃんは、そのあともずっと学校に来ていなかった……みたい。

「ねえ、マリナちゃん」

「なに？」

「前、よくいっしょにゲームをしたよね」

「うん、したね」

これって、まるで「ゲームをしよう」って、さそってるみたい。

「でもね、あたし、ゲームソフトはいとこに全部《ぜんぶ》あげちゃったの」

「そうなんだ」

びっくりした。あんなにゲーム好《ず》きだったのに。いろんなゲームのキャラをたくさん知ってて、ゲーム博士《はかせ》みたいだったのに。

「おとうさんに、もうやっちゃダメっていわれたとか？」

マリナちゃんのおとうさんは、近くにはいないけど、声をひそめた。

「ううん。自分で決《き》めた」

え？

わたしは目を見開《みひら》いた。マリナちゃんのその言葉《ことば》を、耳で聞くだけじゃなく、全身《ぜんしん》で受《う》け止めた。

自分で決《き》めた！

なんて、いいひびきだろう。

「そうなんだ。自分で決《き》めたんだ」

「うん」

わたしは今、自分で決《き》められないことにふりまわされている。それで、つい聞いてしまった。

「学校に行かないっていうのも、自分で決《き》めたの？」

すぐに、（聞いちゃいけないことだったかな）とは思った。でも、もう聞いてしまっていた。

「う……ん。そうだね、そういうことだよね」

マリナちゃんの返事《へんじ》は、さっきとは少しちがった。さっきはまよわず「うん」といったけど、今はまよっていた。

「ごめんなさい」という言葉《ことば》をいいそうになって、がまんした。ここで、「ごめん」というのは、ちがう気がしたから。

マリナちゃんは学校に行っていない。なんとなく、行ってないあいだはゲームをしてるのかと思っていたけど、ちがうらしい。しーんとなってしまい、気まずい。でも来たばっかりで、もう「帰るね」

というのはもっと気まずい。

「あのね、わたし、にげてきたの」

それで、自分のことを打《う》ち明けることにした。

「なに？　なにからにげたの？」

今度《こんど》はマリナちゃんが、目を見開《みひら》いた。

「パパとママ。あと、バーベキューから」

「えええ？　バーベキューからにげた？」

マリナちゃんが笑《わら》いだした。

「亜麻音《あまね》ちゃんって、おもしろキャラだったたっけ?」

へへ。じゃないよね。

しどろもどろに、夕べからのいきさつを話した。

「つまり、自分で選《えら》んで決《き》めたかったってことね」

「そういうことなんだよね」

……。

また、しーん。

六　マリナちゃんが選《えら》んだこと

「あたしのおかあさん、一年生のときに死《し》んでしまったでしょ」

とつぜん、マリナちゃんが話しだした。

「う、うん」

もしわたしのママがそんなことになったら、どうだろうって、すごく悲《かな》しくなったことを覚《おぼ》えている。

「そのあと、山形《やまがた》のおばあちゃんがうちに来て、ごはんのことや、いろいろやってくれたの」

「そうだったよね」

遊《あそ》びに来ると、「亜麻音《あまね》ちゃん、いつもマリナと遊《あそ》んでくれてありがとう」といってもらえた。ふわっとやさしい笑顔《えがお》だった。そういえば、おばあちゃんはいない。お買い物《もの》なのかな。

「おばあちゃんは、あたしが四年生になる前の春休みに、山形《やまがた》に帰ったの。いなかの家が心配《しんぱい》だからって」

ということは、今、マリナちゃんはおとうさんと二人ぐらしなんだ。

「おばあちゃんが山形《やまがた》に帰るとき、聞かれたんだよ。『おばあちゃんといっしょに山形《やまがた》に来る？　おとうさんと二人でくらす？』って」

そうか。マリナちゃんは、「おとうさんとくらす」を選《えら》んだんだ。

「転校《てんこう》したくなかったし。おとうさんは、どんなにゲームをやっていても『やめなさい』とはいわないから好《す》きだったし」

マリナちゃんは、さびしそうに話しつづける。きっとこれまでだれにもいわずにいたことだと思う。

「それが、よかったのかどうなのかなんて、わからないの」

でもおとうさんと二人の生活が始《はじ》まって、夜もゲームをしていたら、とうとうつぎの日の朝、起《お》きることができなくて、学校に行けなくなったのだという。そして、つぎの日も、そのつぎの日も。

わたしは、うなずくだけ。でも、おずおずといった。

「でも、ゲームはやめたんだよね」

今度《こんど》は、マリナちゃんがうなずいた。

「ずーっとゲームをしてたのね。でもある日の夕方、ふっと、（あれ？　あたし、一日なにをしてたんだろう）って、手が止まったの。ゲームの中では、あたしってことになっているキャラが、つぎつぎといろんなものをゲットしていって、どんどんかっこよくなってるのね。でもほんとのあたしは学校にも行けなくて、このまま四年生が終《お》わって、五年生になって、ずーっとどうするの？　って思ったら、こわくなった」

「こわく……？」

「うん。だって亜麻音《あまね》ちゃんは劇団《げきだん》に入って、がんばってるんだよね。もしかしたらテレビに出るようになるかもしれないよね。そのときあたしは、まだゲームをしてるだけなのかも。ゲームを仕事《しごと》に

している人もいるけど、あたしにはなれないだろうし……。そんないろんな未来《みらい》を思ったら、こわかった」

わたしはテレビになんて出てないかも……だけどね。

「さっき、亜麻音《あまね》ちゃんに『学校に行かないって、自分で決《き》めたの？』って聞かれたけど……」

重《おも》い……、話が重《おも》すぎる。

「自分で決《き》めるって、けっこうきついことなんだよ」

マリナちゃんは、おしころしたような声を出した。

「人に決《き》められたことがうまくいかなかったら、決《き》めた相手《あいて》をせめることができるでしょ。

たとえば、もしも『おとうさんは仕事《しごと》がいそがしいから、マリナは山形《やまがた》へ行きなさい』っていわれて、山形《やまがた》に行ったとするよ。それでむこうの学校になじめなかったら、あんなことをいったおとうさんのせいだってうらんだと思う。

でも自分で決《き》めたことなら、その結果《けっか》が思ったようじゃなくても、がまんしなきゃならないもの」

マリナちゃんがそういうのを聞きながら、わたしは残《のこ》っていたアップルジュースを飲《の》みほした。

そのとき頭にうかんだのは、「劇団《げきだん》に入りたい」っていったのはわたしだったなということだった。今オーディションに落《お》ちて、暗《くら》い気持《きも》ちになってるけど、これがもしママにいわれて始《はじ》めたことだったら、ママをうらんでいたかもしれない。

そんなことを考えているわたしを見て、マリナちゃんは、わたしが帰りたがってると思ったのかも。

「亜麻音《あまね》ちゃん、帰っていいよ」

そういわれてしまった。

「来てくれて、うれしかった。ありがとう」とも。

「わたしも、マリナちゃんにひさしぶりに会えてよかった」

これはほんとの気持《きも》ちだ。でも、きょうはもう帰ろう。そう思ったとき、マリナちゃんがまた口を開《ひら》いた。

「あのね。あたし最近《さいきん》、学校に行きたいなって、ときどき思ってるの。でも、行こうって決《き》められずにいるんだ」

ええ!?

このとき、わたしは帰るつもりで、ほんの少しだけいすからお尻《しり》をうかせていた。でも今の言葉《ことば》を聞いたとたん、ストンとすわり直してしまった。

学校に行きたいって、思ってるんだ。だったら行こうよ。わたしがそういえばいいのかな。ううん、ちがう。マリナちゃんが、自分で決《き》めなきゃダメなんだ。

「でもね、外に出る勇気《ゆうき》がないの」

その言葉《ことば》を聞いて、ふっと頭の中にまた矢印《やじるし》が思いうかんだ。

「ね、想像《そうぞう》してみて。わたしたち、今小びとになるの」

マリナちゃんは、目をぱちくりとさせている。

「大きな矢印《やじるし》が二つあって、小びとはその真《ま》ん中にいるの。一つの矢印《やじるし》は学校へ行く。もう一つの矢印《やじるし》は家でマンガや本を読む。どっちかを選《えら》ぶの。それならできるんじゃない？」

うーん。わたしの頭の中には矢印《やじるし》があって小びとがいるけど、それはマリナちゃんには見えないよね。

首をかしげているマリナちゃんに笑《わら》いかけ、コップの表面《ひょうめん》についていた水滴《すいてき》を指《ゆび》につけて、テーブルの上に二つの矢印《やじるし》を描《か》いた。マリナちゃんは、それをじーっと見つめている。

「でも亜麻音《あまね》ちゃんは、バーベキューに行くという矢印《やじるし》と、おばあちゃんちに行くという矢印《やじるし》があったのに、どっちでもないほう、つまりうちに来たんだよね」

た、たしかに。

わたしは、パパが作った矢印《やじるし》がいやでにげてきた。

テーブルの上に描《か》いた矢印《やじるし》に、もう一つの矢印《やじるし》を加《くわ》える。

自分で矢印《やじるし》を作るってことは、自分で決《き》めるってことだ。さっきマリナちゃんは、「自分で決《き》めるって、けっこうきついことなんだよ」といっていた。うん、そうだと思う。

それでもわたしは、自分で決《き》めたい。

もしそれで、がっかりするようなことになったとしても！

七　川へ行く

「マリナちゃん、川へ行こう！」

立ち上がって、こぶしをにぎる。……ちょっと演技《えんぎ》っぽい？　と思ったけど、いいよね。

「え？　いきなり、どうしたの？」

「川の空気はきっとおいしい。マリナちゃん、わたしと川へ行くっていう矢印《やじるし》を作って！」

「亜麻音《あまね》ちゃんも、川へ行く矢印《やじるし》でいいの？」

「うん。だけどそれは、パパが作ったものじゃない。別《べつ》の矢印《やじるし》を、わたしが作るの」

パパが作った、川へむかう矢印《やじるし》のほうには行きたくなかったけど、山梨《やまなし》へむかう矢印《やじるし》のほうには、ひとりでは行けない。だから、マリナちゃんちに来た。

よし。もう一つの矢印《やじるし》を作ろう。

その前に立つのは、小びとになったわたしとマリナちゃん。

マリナちゃんが、わたしを見てうなずいた。

すぐうちに連絡《れんらく》したいけど、わたしはスマホを持《も》ってない。マリナちゃんは？　持《も》っていた。マリナちゃんはスマホの電源《でんげん》を入れ、数字のある画面《がめん》を出してくれた。うちの電話番号《ばんごう》をタップする。

――亜麻音《あまね》!? どこにいるんだ?

すぐに、パパの泣《な》きそうな声が聞こえてきた。

「マリナちゃんち」

パパは、きっとマリナちゃんを知らない。いつも仕事《しごと》で帰りがおそくて、学校の話をしたことなんてないもの。

――友だちか? ママがさっき亜麻音《あまね》の友だち、四、五人の家に電話をしてたんだが……。

ママにとっての「わたしの友だち」に、今マリナちゃんはきっと入ってないんだ。

「あのね、これからでも、まだ川へ行ける? わたし、マリナちゃんといっしょに行きたいの」

――え……。

ダメかな？

――いいよ。いっしょに行こう。まだ間に合うから。

パパってば、あせってる。でも、やさしい声だった。

そのあと、リビングに来たマリナちゃんのおとうさんとパパが話し合い、川へは、マリナちゃんのおとうさんもいっしょに行くことになった。

ふと時計を見たら、わたしが家を出てから一時間もたっていない。あんなにいろいろなやんで、考えてたのになあ。

うちの、六人乗《の》れるワゴン車で、いざ。

マリナちゃんとわたしは、三列《れつ》ある座席《ざせき》の一番後ろにならんですわった。

パパはカーナビに目的地《もくてきち》を入れて、運転《うんてん》していた。でもカーナビが、何度《なんど》も「リルートを開始《かいし》します」という。

「どういうこと？」

マリナちゃんが、声をひそめて聞いてきた。

「あのね、カーナビが教えてくれる道を行かないと、こういうの」

カーナビ画面《がめん》の道は、目的地《もくてきち》までがオレンジ色になっている。そして、今この車がいるところに矢印《やじるし》がある。でも、パパは「こっちのほうが道が混《こ》まないんだ」といって、別《べつ》の道を選《えら》んで運転《うんてん》している。

「パパは、自分で決《き》めるタイプなんだな」

ぽそっとつぶやいたら、ママがふり返《かえ》った。

「そうそう。転職《てんしょく》するときも、さっさとひとりで決《き》めちゃったのよね」

転職《てんしょく》というのは、仕事《しごと》を変《か》えること。うん。パパが前につとめていた会社をやめたのは、とつぜんだったなあ。

「転職《てんしょく》されたんですか？」

助手席《じょしゅせき》にすわっていたマリナちゃんのおとうさんは、興味《きょうみ》しんしんみたい。

「実《じつ》はぼくも考えていて……」

「え？　おとうさん、そうなの？」

今度《こんど》はマリナちゃんが、おどろく。

パパは運転《うんてん》しているので、前をむいている。前をむいたまま助手《じょしゅ》席《せき》にいるマリナちゃんのおとうさんに、いった。

「知り合いにさそわれましてね。いろいろ調《しら》べて今のところのほうがいいと思ってうつったんですけど。新しいつとめ先も、いそがしくて大変《たいへん》です」

マリナちゃんのおとうさんが、うなずく。

「そうですよね。どこでもきっと大変《たいへん》ですよね」

「なかなかつらいもんです」というパパのつぶやきも聞こえてきた。

わたしとマリナちゃんは、顔を見合わせていた。

「わっ、ごめんごめん。子どもの前でする話じゃないよな」

マリナちゃんのおとうさんが、ふり返《かえ》って笑《わら》った。

ううん。こういう話を聞くのはいやじゃない。だって、パパは自分で転職《てんしょく》を決《き》めたんだもの。いいと思ってしたんだけど、実際《じっさい》はつらい。休みだって少ない。でもがんばってるんだなって、わかるから。

ただ……パパが、つぎに話したことにはがっかりした。

「これからこの子たちには、お金がかかるでしょ。うちなんて、劇《げき》団《だん》のほか、学習塾《がくしゅうじゅく》にも通ってるしね」

わたしのために、しかたなく今の仕事《しごと》をしているっていわれたみたい。ずるい。

「そうですよね。子どものために、がんばらないといけないですね。うちは、親がぼくひとりだし、なおさらです」

マリナちゃんのおとうさんまで、そんなことをいう。マリナちゃんは、うつむいてしまった。と思ったら……。

「おとうさん！」

マリナちゃんがきっと顔を上げ、さけんだ。

「なんだい？」

「子どものためにっていうの、やめて！」

わあっ。マリナちゃんがこんなに大きな声を出したの、初《はじ》めて聞いた。おどろいたあ。

マリナちゃん、よくいった！

「え……、マリナ。だって、おかあさんがいなくなって、マリナがかわいそうでさ」

マリナちゃんのおとうさんが、おろおろしだした。

わたしたちに、会社や仕事《しごと》のことはわからない。でも、わたしもマリナちゃんと同じ気持《きも》ちだ。子どものためにがまんしてるって、いわれるのはいや。

そうだ。わたしも、もう一度《いちど》ちゃんといおう。

「わたしはパパが川に行くって決《き》めたときに、わたしの気分てんかんになるとか、はげましたいとかいわれて、いやだった」

「亜麻音《あまね》」

ママが、こまった顔でこっちを見る。

「なんか、ぼくたち、たじたじですね」

パパがいった「ぼくたち」は、パパとマリナちゃんのおとうさんのことだ。ひとりだと太刀打《たちう》ちできないから仲間《なかま》になったみたいな感《かん》じ。

ただそのあとパパが、はなれてすわっているわたしに聞こえるよ

うに声のトーンを上げた。

「亜麻音《あまね》……」

「うん」

「今朝、亜麻音《あまね》がいなくなって、さがしてたとき、ずっと考えてた

んだ」

なにを？

パパがつづきを話しかけた。でもそのときだった。

「……あっ」

とつぜん、パパが急《きゅう》ブレーキをふんだ。

「しまったー」

なに？　なにがあったの？

事故《じこ》でも起《お》きたのかと思ってしまった。首をのばして前方を見ると、道路《どうろ》が工事中《こうじちゅう》で、通行止めになっている。

カーナビ通りの道を行っていればよかったってことだ。引き返《かえ》すしかなくなって、せまい道をU《ユー》ターンする。

ところがせまいところを無理《むり》に方向転《ほうこうてん》かんしたため、道路《どうろ》のわきにあった岩に、タイヤをぐぐっとこすってしまった。

「おっとっと」

「パパ、気をつけて」

「わかってる」

パパってば、あせってる。

こっちのほうがいいと思って選《えら》んでも、こういうトラブルになってしまう場合があるんだ。

しかも、トラブルはこれで終《お》わりではなかった。しばらく引き返《かえ》し、もともとカーナビが指示《しじ》した広い国道に出たときだ。

「車の音が変《へん》じゃありませんか？」

マリナちゃんのおとうさんがいった。わたしも後ろのほうで、なんか音がするなと思っていた。

「ちょっと見てみよう」

パパが車を道路《どうろ》わきに止めて、おりる。そして、

「まずい、タイヤがパンクしてた」ともどってきた。さっき、岩にこすったせいみたい。

うっわー。

今度《こんど》は、タイヤ交かんに三十分もかかってしまった。パパは、しょげまくっている。

あらためて川へむかったけれど、車の中に会話はもうない。さっきパパがわたしに話しかけたことも、とちゅうのままだ。まるで、授業中《じゅぎょうちゅう》に先生がつまんないギャグをつぶやいたときのようだ。

この重《おも》い空気……、なんとかしたい。

八　わたしの矢印《やじるし》

わたしにできること。それは……。

♪クマのパジャマ　キラキラペン
赤ちゃんのときの　写真《しゃしん》
男の子みたいだけど　なぜかわたしのお気に入り♪

オーディションで歌った「わたしのお気に入り」を、口ずさむ。

すると横《よこ》にいるマリナちゃんが、ぱあっと笑顔《えがお》になった。

「今の歌、〈マイ・フェイバリット・シングス〉だね」

「知ってる?」

『サウンド・オブ・ミュージック』でしょ。でも、歌詞《かし》はちがう?」

「これは、唐沢亜麻音《からさわあまね》のお気に入りなの」

「へえ。赤ちゃんのとき、男の子みたいだったの?」

「へへ。今度《こんど》、その写真《しゃしん》、見せるね」

「うん」

やっぱり、あのころのわたしが好《す》き。自分ひとりではなにもできない赤ちゃんだけど、だれかに気に入られようとか、選《えら》んでもらうために、自分を作ったりはしていなかったはずだ。

そう思っていたときだ。マリナちゃんが、なんと、英語《えいご》の原曲《げんきょく》を歌いだした。

「レインドゥロップスオン　ローゼスアン

ウィスカースオン　キットゥン

……

ディーズアー　アフュー　オブマイ　フェバリーシン」

「マリナちゃん、すごいわね」

ママが、目を丸くしてふりむく。わたしもびっくりした。

「大好《だいす》きな曲《きょく》だから、何度《なんど》も聞いて覚《おぼ》えたんだ」

三年生になってからは、学校の授業《じゅぎょう》でも英語《えいご》をやってるけど、あいさつや、dog《ドッグ》やcat《キャット》のような単語《たんご》だけ。こんなふうに歌えたら楽しいと思う。

「もう一度《いちど》歌って！」

「えぇー？」

マリナちゃんは、うれしそうにもう一度《いちど》歌う。それを聴《き》いている
うちに、わたしもゆっくりなら少しずつ歌えるようになった（まぁ、
半分以上《いじょう》でたらめだけど）。ママやパパたちも、ハミングをする。

さっきまでどよんとしていた車の中が、明るくなった。車の中で、
音ぷがとびはねてるみたい。

「ついたぞ」

歌っていたら、川についた。

「あー。気持《きも》ちいい！」

みんなが、ぐーっと背《せ》のびをした。

「亜麻音《あまね》、ごめんな」

パパがわたしの目を見つめて、いってきた。

「これから会う友だちとは、ほんとに仲《なか》がよかったんだ。なにがなんでも会いたくてさ、亜麻音《あまね》もバーベキューならよろこぶだろうって、勝手《かって》に決《き》めちゃって……。子どもだけで決《き》められないことは多い。だからって、全部《ぜんぶ》親が決《き》めるのはダメだった」

……よかった。今朝からのわたしの行動《こうどう》は、むだじゃなかった。

「うん。わたしが全部《ぜんぶ》決《き》めたいってことじゃないの。相談《そうだん》にのってもらいたいこともある」

わたしとパパは、うなずいて、にっと笑《わら》い合った。

「ほら、パパ。あの人が友だちでしょ」

川原には、三人の家族《かぞく》がいた。男の人が大きく手をふっている。

たたたっと、五才くらいの男の子が走ってきた。

え？　パパの友だちの子どもって、こんな小さい子だったの？

いっしょに遊《あそ》べるとかいってたから、同じ年くらいかと思ってたよ。

「名前は？」「しゅうと」「わたしは、亜麻音《あまね》」「マリナ」と名乗《なの》り合う。

パパは友だちに、到着《とうちゃく》がおくれたことをあやまったり、ママやマリナちゃんのおとうさんをしょうかいしたりしている。

「遊《あそ》ぼう！」

わたしとマリナちゃん、それにしゅうとくんは、さっそく川原で遊《あそ》びだした。

石を投《な》げたり、色のついた石で矢印《やじるし》を作ったり。

「今度《こんど》またオーディション、受《う》けようっと」

わたしは、川にむかってさけんでいた。

「おうえんする！」

「うん」

パパにわかってもらえたからかな。自信《じしん》がわいてくる。わたしは、マリナちゃんに挑戦《ちょうせん》するドラマのタイトルを教えた。

「へえ。『アゲイン』かあ。もう一度《いちど》って意味《いみ》だよね」

「そうなの？」

さすが、英語《えいご》が得意《とくい》なだけある。

「ねえ、何度《なんど》もは？」

「ええっと、メニータイムズかな。あ、アゲイン&《アンド》アゲイン!」

わあ。いいひびき。

アゲイン&《アンド》アゲイン。うん、がんばろうって思える。

「ありがとー。いじめっ子にならなきゃ!」

「え、どうして?」

「いやいや、役《やく》のことよ」

へへっと笑《わら》う。

「いじめっ子役《やく》なんだぁ。それ、主役《しゅやく》よりむずかしいかもね」

え?

そうか。いい子やかわいい子の演技《えんぎ》より、むずかしいんだ。

「わたし、もしそんな役《やく》をやったら、『あいつ、ややつだな』って、みんなにいわれちゃうかなって思ってたんだ」

「だって、役《やく》でしょ」

「そうだけど」

「もし、そんなことをいう人がいたら、あたしおこる！　『亜麻音《あまね》ちゃんはそんな子じゃない』って」

マリナちゃん……。

「ありがと」

待《ま》って。マリナちゃん、それって学校へ行くってこと!?

オーディションを受《う》けたときも落《お》ちたときも、まわりに人がいても、わたしはひとりだった。きょうはマリナちゃんがいる。そのせいかな、心がはずむ。

♪クマのパジャマ　キラキラペン
赤ちゃんのときの　写真《しゃしん》
男の子みたいだけど　なぜかわたしのお気に入り♪

歌いながらステップもふむ。

心も体も軽《かる》くなる。

マリナちゃんも、しゅうとくんも笑顔《えがお》で体をゆらしている。楽しそう！

わたしは、こうしてみんなによろこんでもらうのが好《す》き。やっぱりタレントにむいてるんじゃない？

よーし。

九　アゲイン&《アンド》アゲイン

翌日《よくじつ》の日曜日は、すっきりした気分で目覚《めざ》めた。

パンにはバター。きょうはあまいジャムはぬらず、ハムをその上にひらりとのせた。そして決《き》めた。

「わたし、きょう、ヘアサロンに行きたい」

ママはわたしを見て、

「そうねえ。少し毛先をそろえてもらう?」とつぶやく。

「そうじゃないの。ショートヘアにしようと思って」

「え、どうして？」

ママってば、なんでそんなにうろたえてるの？

ヘアサロンの予約《よやく》は、いつもママがスマホからしてくれていた。でも今はスマホに手をのばそうともしない。わたしはそんなママとは関係《かんけい》なしに、パンをパクパク食べ終《お》えた。

「おはよう」

パパがやっと起《お》きてきた。きのうはバーベキューから帰ってきても、家でまたしゅうとくんのパパとオンラインで昔話《むかしばなし》をしていた。ほかの友だちも加《くわ》わって、お酒《さけ》を飲《の》みながら楽しんでいたらしい。

ママが、パパの分のパンを出しながらいった。

「亜麻音《あまね》、イメチェンするんですって」

イメチェン？　イメージチェンジ？　まあ、ロングヘアをショートにするっていうのは、そういうことか。でも、なんか、またむねの中がもやもやする。

「へえ。おれの中では、きのうすでにイメチェン完了《かんりょう》だけどな」

テーブルにすわりながら、パパはにやっと笑《わら》った。

ん？

「きのうは亜麻音《あまね》におどろかされたよ。子どもだってひとりの人間なんだ。それがちゃんとわかってなかったと、教えられた」

そ、それはそうかもなんだけど。

「つまり、小さい子どもだった亜麻音《あまね》のイメージが、しっかりしたひとりの人間として地球《ちきゅう》に立ってるすがたに変《か》わったんだ。そりゃあ、もう、がらりとね」

へえ。なんだかくすぐったい気持《きも》ち。そうだ、ロングヘアを切りたいっていうのは、ママにすすめられてしていた髪型《かみがた》をやめたいってこと。それは、外見のイメージチェンジとはちがうのに、ママはあくまで「見た目」を気にしているから、だからもやもやしてたんだ。

「そ、そうだったわね」

ママがやっとスマホを手にし、ヘアサロンのホームページにアクセスしている。

「きょうは、もう予約《よやく》がいっぱいよ。日曜日だもの。あしたの夕方にする？」

うーん、どうしよう。

「いいよ。じゃあ、あとで、マリナちゃんちのマンションにあるヘアサロンに行ってみる。ほかにも、あちこちあるし」

「いつも行ってるところのほうが、安心《あんしん》なのよ」

ほら、ママはまだ、ちゃんとわかっていない。そうやって、ママがわたしのことを決《き》めようとするのがいやなのに。でもしょうがないよね。これまで十年間そうしてきたんだもの。

「行ってみないとわからないよ」

ママをしっかり見て、いう。ママってば、きょとんとしている。

「そうだ。この前いってたドラマのオーディション、受《う》けることにした。ママ、申《もう》しこんでおいて。あ、オーディションの内容《ないよう》は？」

こういう手続《てつづ》きは、わたしひとりではできない。大人の手助《てだす》けが必要《ひつよう》なんだもの。ちゃんとお願《ねが》いしないと。

覚《おぼ》えなきゃいけないセリフがあるかもしれないと、横《よこ》からのぞきこんだら、やっぱり！　けっこう長いセリフがあった。急《いそ》いでプリントアウトしてもらう。そして数時間後には、その紙を手にしてヘアサロンのいすにすわっていた。

「どのくらい切りますか？」

「ショートにしてください」

「ええ？　いいんですか？」

というやりとりは、予想《よそう》通り。

——あ～、いらいらする。あんたが息《いき》をすうのはいいよ。でもはかないでほしい。だって、あんたがはいた息《いき》がこの教室に広がるっってことでしょ。考えただけで……

「ぞっとする」

「え？　どうかしましたか？」

しまった。カットしてもらいながら、ドラマのセリフを頭の中でいってたんだけど、最後《さいご》のほうは声に出てしまっていた。

「すみません。なんでもないです」

ふう。なにしろオーディションを受《う》けるのはいじめっ子の役《やく》。セリフがきつい。

「いかがでしょうか」

はっと顔を上げたら、ショートカットのわたしがいた。

いい！

赤ちゃんのときの写真《しゃしん》がそこにダブる。これが、ほんとのわたしだ。

そして、わたしは翌週《よくしゅう》オーディションを受《う》け、なんとその場で合格《ごうかく》！　初《はじ》めて役《やく》をゲットできた。

もしかしたら、会場でエリとまた会うかなと思ったけど、エリはいなかった。そうだよね、今ごろ『サウンド・オブ・ミュージック』の練習《れんしゅう》に打《う》ちこんでるんだ。でも劇団《げきだん》のレッスンで会ったときは、笑顔《えがお》で、

「おめでとう!」といってくれた。

「ミュージカルのレッスン、すごく大変《たいへん》なんだ。みんなじょうずだし。でもがんばる」

小声でそんなことをいう。

わたしも、がんばるぞー!

と思ったんだよね、そのときは。

もちろん、がんばった。がんばったよ。

ドラマの撮影《さつえい》はもう始《はじ》まっていたので、主人公《しゅじんこう》が教室でいじめられるシーンの撮影《さつえい》も、すぐだった。ドキドキでスタジオに行って、わー、子どももメイクするんだって感《かん》じだった。

「よろしくお願《ねが》いします」

声がふるえそうになったけど、がんばった。

がんばったんだけど……。

ドラマ『アゲイン』の子ども時代《じだい》の放送《ほうそう》回数は最初《さいしょ》の二回だけなので、撮影《さつえい》は一日で終《お》わった。

そして、その翌週《よくしゅう》には新番組のプロモーションビデオがテレビで流《なが》れた。大人気韓国《かんこく》アイドルグループが歌うテーマソングに乗《の》って、主人公《しゅじんこう》のアップや全身《ぜんしん》がいろんなカメラアングルで撮影《さつえい》されている。その中に数ショットだけど、子ども時代《じだい》の映像《えいぞう》がまじった。

わたしが主人公《しゅじんこう》をいじめているシーンだ。

「ぞっとする！」

顔をしかめてそのセリフをはきすてるわたしのアップが、くちびるをかみしめた主人公《しゅじんこう》の顔と入れかわる。主人公《しゅじんこう》がうつむいて、教室を出ていく。

ひどいやつ。

だれもがそう思うシーンだ。

クラスメートたちもそう思ったらしい。

その映像《えいぞう》が流《なが》れた翌日《よくじつ》は、「テレビ、見たよ～」「びっくりした」

という声にむかえられたけど、数日後には、学校に行ったわたしに話しかけてくる子がいなくなった。

「おはよう」といつものように明るくいったら、

「あ、お、おはよう」と返事《へんじ》はあったけど、近くにいた子はそそくさとはなれていった。

え、まさか？　そして、聞こえた。

「ぞっとする」

というセリフ。そしてクスクスという笑《わら》い声。

さーっと血《ち》の気が引いていく。

な、なに？　あのワンシーンだけで、みんなわたしからはなれていくの？

ろうかに立ちつくしていたら、後ろから走ってきた子がドンと背《せ》中《なか》にぶつかった。わたしは前のめりになり、その場にころんでしまった。

「あ、いた……」

ふりむいたのは、となりのクラスの男子。にやっと笑《わら》うと、ささっとまた走っていく。まさか、わざとぶつかった？もしかしてって思ったけど、だったけど……、それでも挑戦《ちょうせん》するって始《はじ》めたことこれから、わたしいじめられるの？

でも、そのときだった。

「こらー」

うずくまっているわたしのわきを走って、さっきぶつかった子を追《お》いかけるすがたがあった。あ、あれは……。

「マリナちゃん⁉」

マリナちゃんは、あのバーベキューの翌週《よくしゅう》から学校に来ていた。クラスがちがうので、あまり様子《ようす》はわからなかったけど、ときどき休み時間にマリナちゃんのクラスに行って、手をふったりしていた。

そんな日が何日かつづいて、あるE教室でマリナちゃんがほかの子と笑《わら》っているのを見て、わたしは声をかけずに自分の教室にもどった。マリナちゃんは、もうだいじょうぶって思ったから。

そのマリナちゃんが、ろうかのはしで男の子をつかまえて、おこっている。うでをつかんで、こっちにつれてくる。

わたしは、やっと立ち上がっていた。マリナちゃんがその子につめよる。

「さっき、わざとぶつかったよね」

「えー、わざとじゃねえよ」

「でも、ぶつかったよね」

「ああ、ぶつかった。ごめん」

その子がもう行こうとしても、マリナちゃんは手をゆるめない。

「あたし、テレビで見たよ！　あのシーン、すごかった。ね、そうでしょ。ドラマの放送《ほうそう》、楽しみだよね。そうでしょ」

マリナちゃんは、この長いセリフをつっかえもしないで一息《ひといき》にいった。じわっと泣《な》きたくなって、ふふっと笑《わら》いたくなる。わたし、今どんな顔をしてるんだろう。演技《えんぎ》してるわけじゃない唐沢亜麻音《からさわあまね》を、たくさんの子が見ている。

マリナちゃんにつかまえられている子が、「あ、ああ」とうなずく。

ああー。わたしってば、大事《だいじ》なことを忘《わす》れていた。ドラマで別人《べつじん》を演《えん》じて、別人《べつじん》を演《えん》じている人たちを見て、この世界《せかい》でがんばりたいって、思った。ちょっといじめられたくらいで、めげちゃダメだ。

「亜麻音《あまね》ちゃんはやさしい子だよ。あたしは、亜麻音《あまね》ちゃんが好《す》き。ずっとおうえんする」

「そ、そうだな。おれもおうえんする」

やっとマリナちゃんが手をはなして、その子は教室によろよろ入る。このやりとりを見ていた数人の子も、あとにつづいていった。

「マリナちゃん、ありがと」

「ううん。だって、川で約束《やくそく》したじゃない」

そうだった。もしわたしがいじめられたら、おこるっていってくれてたんだ。うん、そうだった。

さっきマリナちゃんがいてくれなかったら、わたしはくじけてたかも。

さあ、マリナちゃんと別《わか》れて、自分の教室に行かなきゃいけない。

それなのに、その場から動《うご》くことができなかった。

するとマリナちゃんがランドセルをおろして、ふたを開《あ》けた。出したのは、なんと、矢印《やじるし》だった！

「マリナちゃん、これ……？」

「作ったの。学校に来ようって決《き》めたけど、まだ自信《じしん》がなかったとき、これをときどき見て元気を出してたんだ。お守《まも》りだよ」

厚紙《あつがみ》を教科書くらいの矢印《やじるし》に切り取《と》り、赤い紙をはっている。

「亜麻音《あまね》ちゃん、これ、どっちにむける？」

え？　教室？　それとも、外？　少しの時間、考えた。

「マリナちゃん、これはマリナちゃんの矢印《やじるし》だね。だからいい。ありがと。わたし、だいじょうぶだから」

マリナちゃんが矢印《やじるし》をお守《まも》りにしたみたいに、実《じつ》はわたしもお守《まも》りを持《も》っていた。わたしのお守《まも》りは、矢印《やじるし》ではなく、赤ちゃんのときの写真《しゃしん》だ。

その写真《しゃしん》をそっと出したら、ちゃんと足元に矢印《やじるし》が見えた。わたしの矢印《やじるし》は黄色だ。
この矢印《やじるし》を、教室にむけよう。
さあ、行こう。
へこんでなんて、いられない。
ありがとうの笑顔《えがお》で、マリナちゃんに手をふり、写真《しゃしん》をしまう。
そして、わたしの作った矢印《やじるし》がむいている教室に行った。
これからだって、きっとこういうことはある。でも負《ま》けない。
アゲイン&《アンド》アゲイン。
何度《なんど》だって、わたしはわたしの矢印《やじるし》を決《き》める。

おおぎやなぎ ちか

秋田県生まれ。みちのく童話会代表。主な作品に、『ぼくらは森で生まれかわった』（あかね書房）、第45回児童文芸新人賞『しゅるしゅるぱん』（福音館書店）、第42回児童文芸家協会賞「オオカミのお札」シリーズ（くもん出版）、「家守神」シリーズ（フレーベル館）、『ヘビくんブランコくん』（アリス館）、『おはようの声』（新日本出版社）、『みちのく山のゆなな』（国土社）などがある。

坂口友佳子（さかぐち　ゆかこ）

1989年大阪府生まれ。イラストレーター。京都造形芸術大学キャラクターデザイン学科卒業。MJイラストレーションズ卒業。TIS会員。絵本に『どこどこけだまちゃん』（ニコモ）。装画・挿絵を担当した作品に、「ひみつの地下図書館」シリーズ（ほるぷ出版）、『やくやもしおの百人一首』（くもん出版）、『マリはすてきじゃない魔女』（エトセトラブックス）などがある。

読書の時間・21
アゲイン アゲイン
2024年10月23日　初版発行

作　おおぎやなぎ ちか
絵　坂口友佳子
発行者　岡本光晴
発行所　株式会社あかね書房
〒101-0065　東京都千代田区西神田3-2-1
電話 03-3263-0641（営業）
03-3263-0644（編集）
印刷　錦明印刷株式会社
製本　株式会社難波製本

ブックデザイン　森敬太（合同会社 飛ぶ教室）
編集協力　平勢彩子

ISBN978-4-251-04491-4
NDC913　117p　21㎝×16㎝

https://www.akaneshobo.co.jp

あかね書房
おおぎやなぎちかの本

低学年読み物

木があつまれば、なんになる？

マリーニ・モンティーニ・絵

かん太は「木」を四つ使《つか》った漢字《かんじ》を思いつき、公園の地面《じめん》に書いたらジャングルが現《あらわ》れた。漢字《かんじ》から想像《そうぞう》した世界《せかい》を冒険《ぼうけん》する絵童話《えどうわ》。

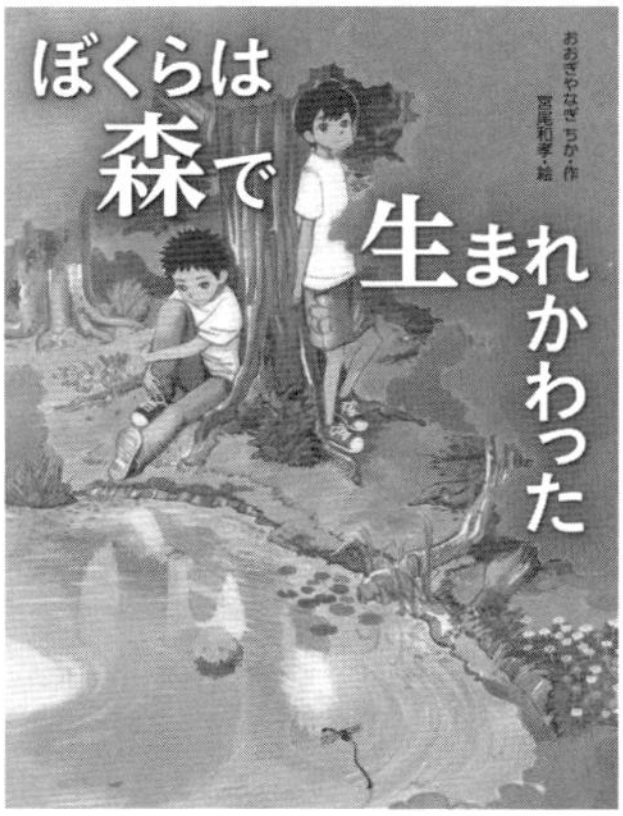

高学年読み物

ぼくらは森で生まれかわった

宮尾和孝・絵

小５の真《しん》が河童《かっぱ》伝説《でんせつ》のある森で出会った同い年の順矢《じゅんや》は、映画《えいが》で知られた子役《こやく》だったが…。対照的《たいしょうてき》な二人が過《す》ごした特別《とくべつ》な夏の物語《ものがたり》。